Elias Våhlund, geboren 1973, schreibt Kinderbücher und arbeitet als Regisseur, Drehbuchautor, Schauspieler, Stuntman, Lehrer und Plattenregisseur. Im Anschluss an ein dreijähriges Zirkusgymnasium hat er nun eine einjährige Vollzeitausbildung zum Stuntman begonnen.

Agnes Våhlund, geboren 1985, war Grafikerin und Bildredakteurin, bevor sie sich ganz auf ihre Illustrationen konzentrierte. Sie liebt Comics, sowohl amerikanische als auch japanische, und ist ein Nerd im Herzen und in der Seele.

Ein verlagsneues Buch kostet in ganz Deutschland und Österreich jeweils dasselbe. Das liegt an der gesetzlichen Buchpreisbindung, die dafür sorgt, dass die kulturelle Vielfalt erhalten und für die Leser:innen bezahlbar bleibt. Also: Egal ob im Internet, in der Großbuchhandlung, beim lokalen Buchhandel, im Dorf oder in der Stadt – überall bekommen Sie Ihre verlagsneuen Bücher zum selben Preis.

Dieses Buch ist zuerst 2017 unter dem Titel *Handbok för superhjältar: Del 1 Handboken* bei Rabén & Sjögren in Schweden erschienen.
Mit freundlicher Genehmigung der Rabén & Sjögren Agency.

4. Auflage 2022
Für die deutsche Ausgabe:

Aus dem Schwedischen von Nicola T Stuart

Druck und Bindung: Polygraf Print
ISBN 978-3-96428-023-7
Printed in Slovakia
www.jacobystuart.de

ELIAS & AGNES VÅHLUND

HANDBUCH FÜR SUPERHELDEN

TEIL 1: DAS HANDBUCH

VERLAGSHAUS JACOBY STUART

Prolog

Vor deinen Feinden kannst du weglaufen, nicht aber vor dir selbst.

1. Kapitel

„Los, schneller! Du schaffst es.“
„Ja, lauf nur, Segelohr! Wir sind dir auf den Fersen!“

Lisa rannte so schnell sie konnte. Ihr war klar, dass sie es nicht bis zum Haus ihrer Großmutter schaffen würde. Aber wenn sie es zur Bibliothek schaffte, war sie in Sicherheit. Dort konnten sie ihr nichts tun. Sie senkte ihren Kopf und rannte weiter, bis ihre Lungen brannten und ihre Beine schwer wurden.
Es war nur noch ein kleines Stück!

Aber dann passierte das Schlimmste überhaupt. Sie stolperte und fiel mit dem Gesicht voran hin.
Robert, der Anführer, der mit den blonden Haaren, schüttelte den Kopf. „Das Fliegen wirst du wohl nie lernen, oder?“
„Mit Ohren wie deinen solltest du schon längst fliegen können“, höhnte Nick.
„War dein Vater vielleicht ein Elefant?“, lachte Max, der hinter den anderen stand.
„Aber mach dir nichts draus“, stichelte Robert und zog an ihren Ohren, „wir werden dir das Fliegen schon noch beibringen.“

Plötzlich ertönte eine ärgerliche Stimme von der Bibliothek. „Was treibt ihr denn jetzt schon wieder? Verdammte Bande!“
Caroline, die Schwester ihrer Oma, stand auf den Stufen der Bibliothek. Die Jungs rannten weg, bevor Caroline sie festhalten konnte. „Ja, rennt nur weg, ihr Feiglinge!“, rief sie ihnen hinterher und wandte sich dann zu Lisa.
„Ich krieg schon heraus, wo diese Bengel wohnen, und dann geh ich hin und spreche mit ihren Eltern.“ „Nein, bloß nicht“, bettelte Lisa. „Das würde alles noch schlimmer machen.“

Lisa war neun Jahre alt, und weil ihre Mutter ein paar Monate im Ausland arbeitete, war sie zu ihrer Großmutter nach Rosenberg gezogen. „Jetzt, wo Großvater von uns gegangen und Oma ganz alleine ist, wäre es gut, wenn du ihr eine Zeitlang Gesellschaft leisten könntest“, hatte ihre Mutter vorgeschlagen.

Lisa hatte geantwortet, dass das kein Problem wäre. Aber das war es doch. Vom ersten Tag an wurde sie in der neuen Schule wegen ihrer großen Ohren gemobbt.

Abends, als Lisa ihre Zähne putzte, betrachtete sie sich im Spiegel. Typisch, diese Elefantenohren machen alles kaputt, dachte sie seufzend und spuckte die Zahnpasta aus.
Sie sagte ihrer Oma gute Nacht und ging ins Bett. Dabei drückte sie wie immer ihre Ohren mit den Händen fest an den Kopf. Lisa war davon überzeugt, dass sie ihre Ohren nur oft und lange genug an den Kopf drücken musste, damit sie eines Tages …
nicht mehr abstehen würden. Allerdings funktionierte dieser Trick nicht. Denn wenn sie morgens in den Spiegel blickte, standen die Ohren genauso ab wie immer.

2. Kapitel

Lisa hasste ihre neue Schule. In jeder Pause war sie allein, während die anderen spielten, lachten und sich Geheimnisse anvertrauten.
Und fast jeden Tag verfolgten Robert, Nick und Max sie auf dem Heimweg.
Es gab aber auch gute Tage, nämlich wenn die Jungs nachsitzen mussten.

Dann konnte Lisa in Ruhe nach Hause gehen, ohne dass jemand schreiend hinter ihr her war.
Doch an diesem Tag hatte Lisa getrödelt. Und auf einmal war das Nachsitzen vorüber und die Jungs tauchten auf. „Da ist sie!“, schrie Nick. „Die krallen wir uns!“, brüllte Robert.

Ganz außer Atem erreichte sie die Bibliothek. Kurz bevor die Jungs sie kriegen konnten, rannte sie hinein und sank in ihrer üblichen Ecke auf den Boden.
„Warum müssen sie mich ständig jagen? Wird das immer so sein? Mein ganzes Leben lang? Bis ich 80 bin und nicht mehr rennen kann?“
Lisa weinte. So konnte es einfach nicht weitergehen. Sie musste dem ein Ende machen.
Da bemerkte sie etwas, das ihr vorher noch nie aufgefallen war.

Auf dem untersten Regalbrett stand ein Buch, das so rot war, dass es leuchtete. Sie las den Titel auf dem Buchrücken: „Handbuch für Superhelden“.
Lisa wusste, dass es im wirklichen Leben keine Superhelden gibt, aber gleichzeitig hatte sie das Gefühl, dass das Buch zu ihr sprach und sie aufforderte, es in die Hand zu nehmen.
Die Beschreibungen der Superkräfte und wie man sie trainieren konnte, waren so detailliert, dass dies tatsächlich ein echtes Handbuch sein musste.
Wenn ich mir nur ein oder zwei dieser Superkräfte beibringen könnte, wäre alles so viel leichter!, dachte Lisa.

Sie ging zum Ausleihtresen und gab Caroline das Buch, um es auszuleihen.
„Das ist eigenartig“, murmelte Caroline. „Der Titel taucht im Computer nicht auf. Als ob das Buch gar nicht existiert.“ „Und was heißt das?“, fragte Lisa ängstlich.
Caroline blickte um sich, um sicherzugehen, dass niemand außer Lisa sie hören konnte. „Weißt du, was ich denke?“, flüsterte sie. „Nein, was?“ „Wenn das Buch nicht im Computersystem ist, wird es auch niemand vermissen. Und das heißt, du kannst es so lange ausleihen, wie du es brauchst.“

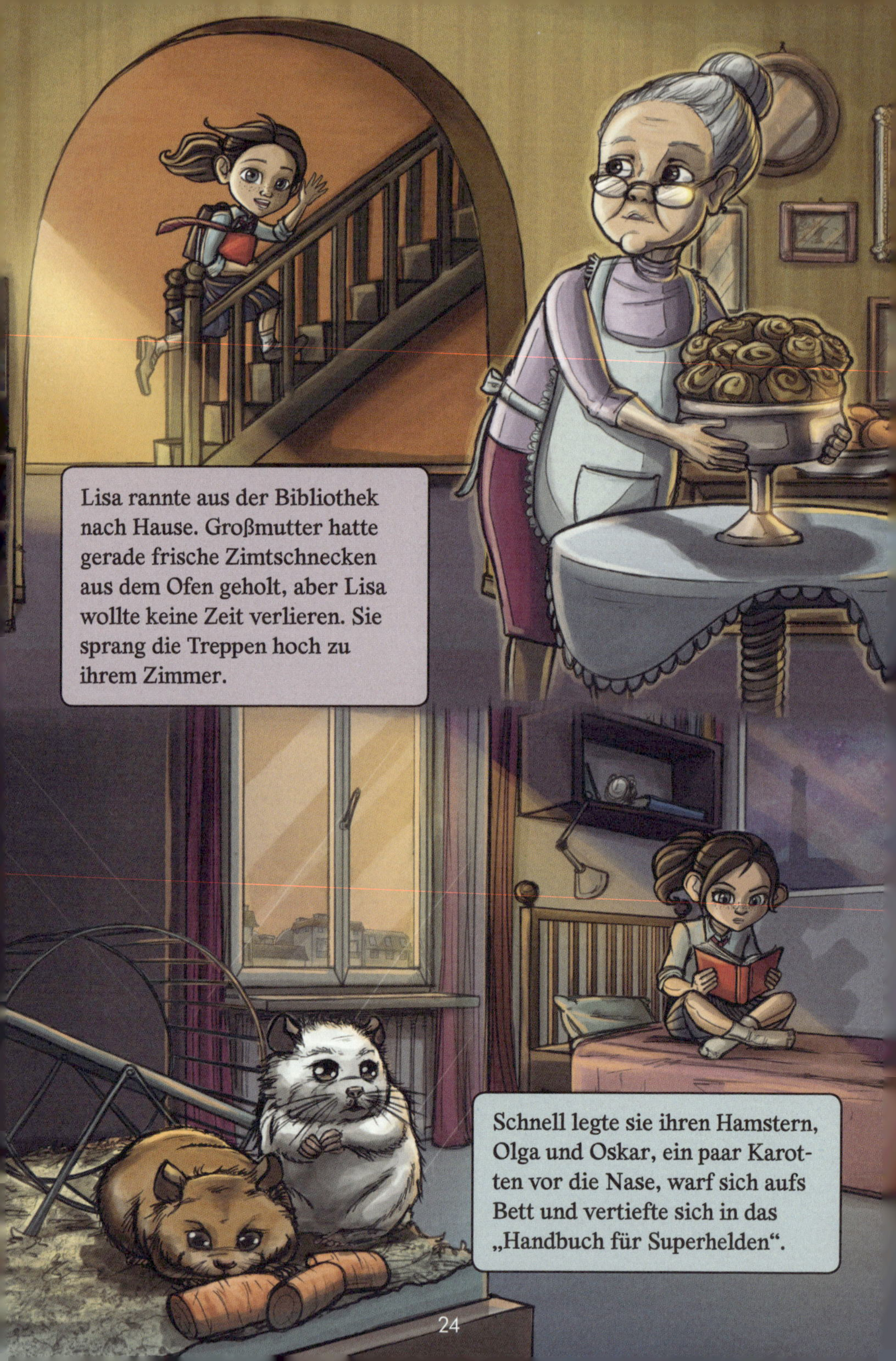
Lisa rannte aus der Bibliothek nach Hause. Großmutter hatte gerade frische Zimtschnecken aus dem Ofen geholt, aber Lisa wollte keine Zeit verlieren. Sie sprang die Treppen hoch zu ihrem Zimmer.
Schnell legte sie ihren Hamstern, Olga und Oskar, ein paar Karotten vor die Nase, warf sich aufs Bett und vertiefte sich in das „Handbuch für Superhelden".

3. Kapitel

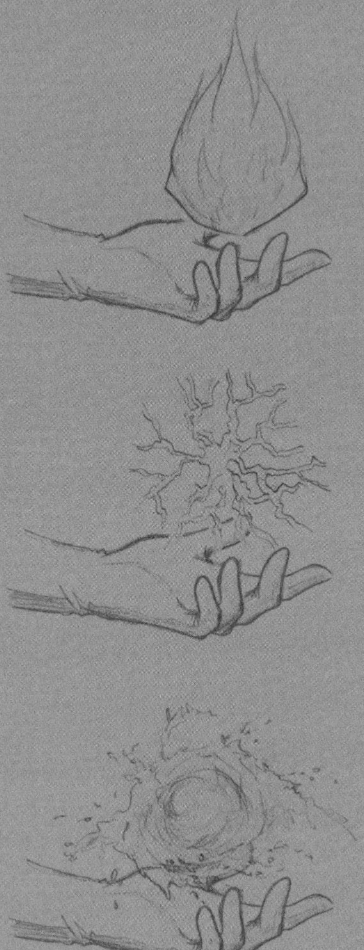

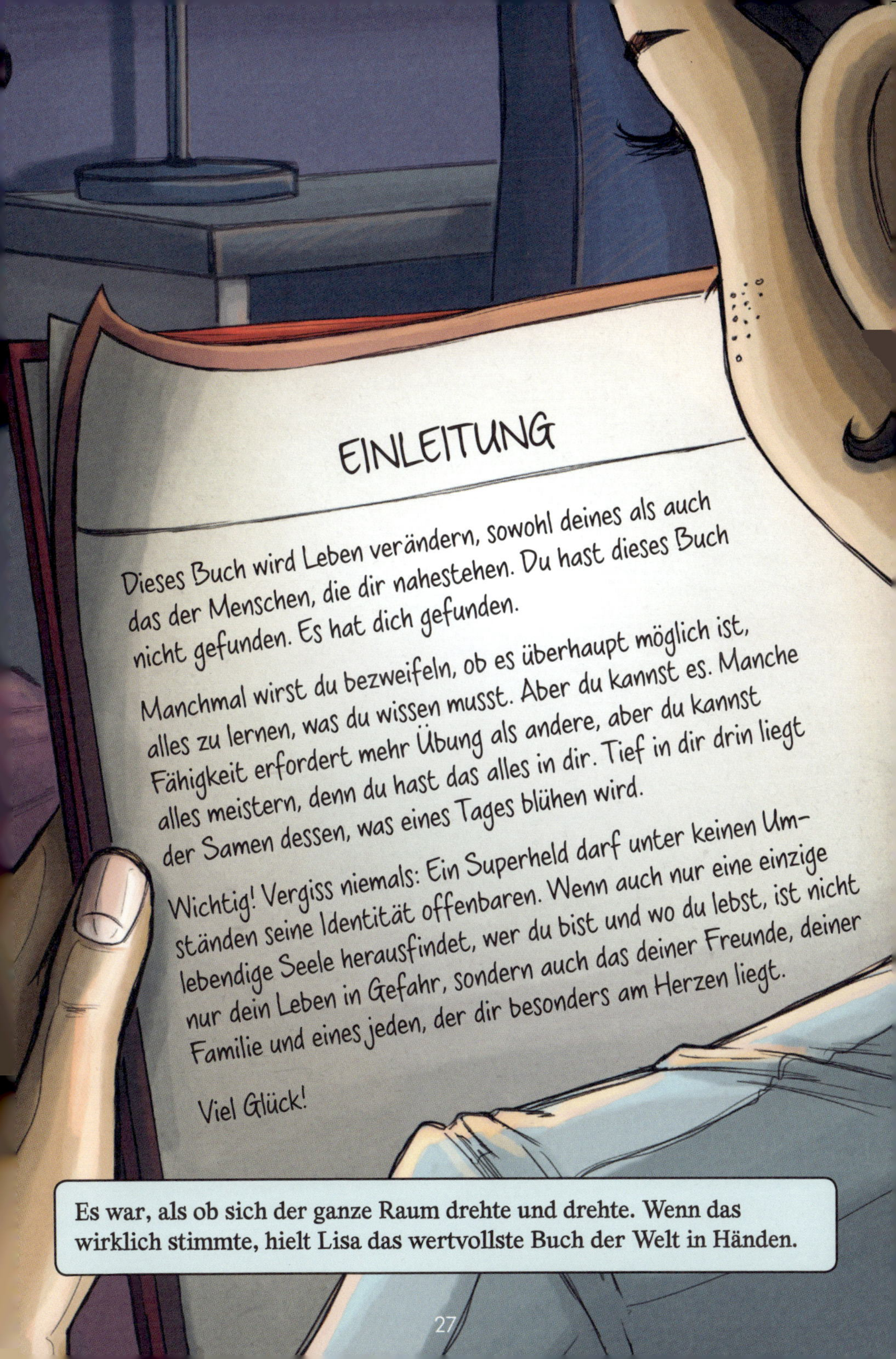

Es war, als ob sich der ganze Raum drehte und drehte. Wenn das wirklich stimmte, hielt Lisa das wertvollste Buch der Welt in Händen.

Das erste Kapitel bestand aus einer langen Liste von Superkräften, nach Schwierigkeitsgraden geordnet.
Es gab ziemlich einfache Sachen, etwa lautloses Niesen – nützlich zum Beispiel, wenn du erkältet bist, dich aber an einen Räuber heranschleichen musst.
Aber es gab auch Kräfte, deren Ausübung unvorstellbar schwer sein musste. So etwa, zu einem Gewitter zu werden und Blitze zu schleudern – nützlich, um Feinde zu Tode zu erschrecken.
Insgesamt gab es 101 Superkräfte zu erlernen. Das Buch wies aber darauf hin, dass nie mehr als drei gleichzeitig geübt werden sollten, weil sonst im Gehirn eine Sicherung durchbrennen könnte. Lisa las sich die Liste mehrere Male durch, bevor sie sich einen Stift und Papier holte und aufschrieb, womit sie beginnen wollte.

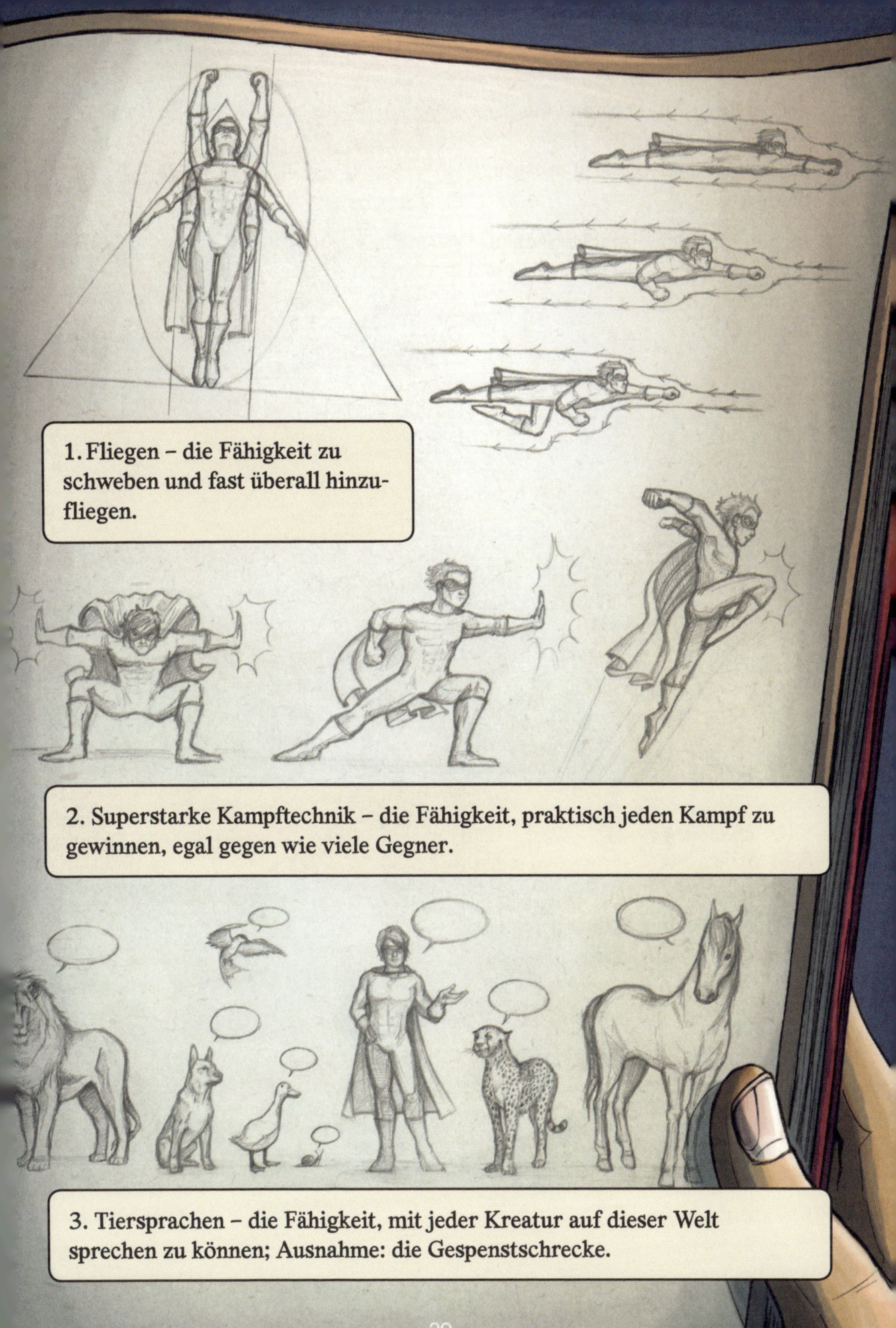
1. Fliegen – die Fähigkeit zu schweben und fast überall hinzufliegen.
2. Superstarke Kampftechnik – die Fähigkeit, praktisch jeden Kampf zu gewinnen, egal gegen wie viele Gegner.
3. Tiersprachen – die Fähigkeit, mit jeder Kreatur auf dieser Welt sprechen zu können; Ausnahme: die Gespenstschrecke.

Fliegen war dem Handbuch zufolge eine besonders schwer zu erlernende Superkraft. Viele hätten schon aufgegeben, bevor sie sich auch nur einmal in die Höhe geschwungen hatten. Lisa war sich aber sicher, dass sie nicht aufgeben würde, und rechnete für diese Übungen besonders viel Zeit ein.
Sie schrieb sich genau auf, wie viel Zeit sie über das Wochenende für welche Übung einplanen wollte.

Gerade als sie fertig war, klopfte es an der Tür. „Willst du denn heute Abend gar nichts mehr essen?“, fragte ihre Großmutter. „Doch, doch, entschuldige, ich war ganz in Gedanken versunken. Ich komme sofort.“
„Was liest du denn da?“ „Och, nix besonderes“, antwortete Lisa und klappte das Buch schnell zu.

Stell dir nur vor, Großmutter hätte herausgefunden, dass Lisa gerade lernte, eine Superheldin zu werden! Vermutlich wäre sie vor Schreck in Ohnmacht gefallen.

4. Kapitel

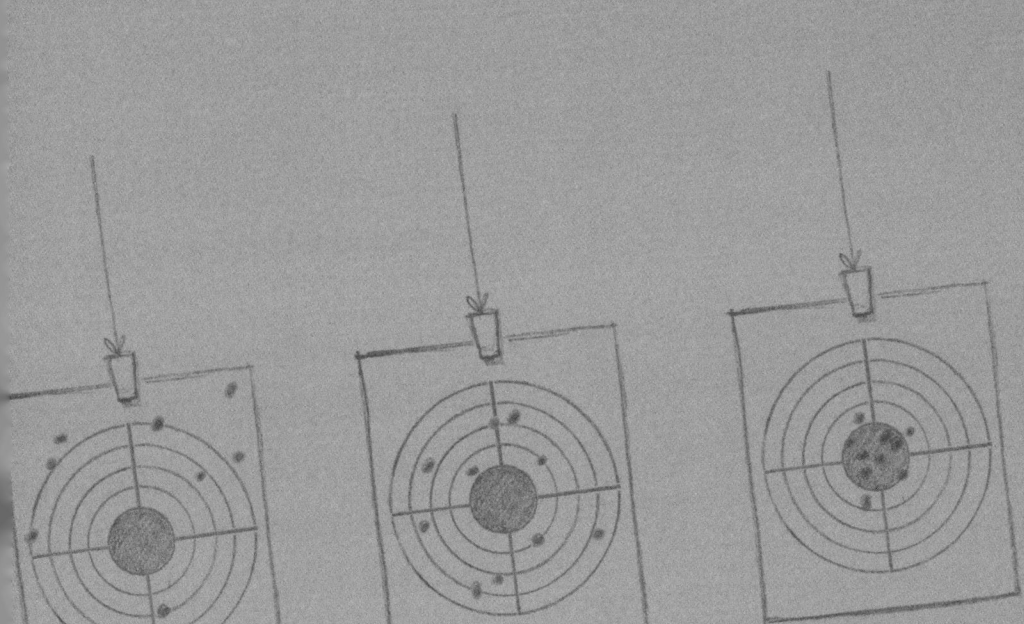

Obwohl Lisa samstags normalerweise wenigstens bis neun Uhr schlief, hatte sie den Wecker für den nächsten Morgen auf Viertel vor sieben gestellt. Dies war ja nicht irgendein Samstag, sondern der erste Tag ihres neuen Lebens als Superheldin.
Ganz oben auf ihrer Liste stand: Tiersprache. Das Handbuch erklärte, dass es am besten wäre, mit einem eigenen Tier zu üben. Außerdem hieß es: je größer das Tier, desto einfacher wäre es, mit ihm zu sprechen. Lisa blickte unsicher zu ihren Hamstern hinüber. Es würde wohl niemand behaupten, dass Olga und Oskar große Tiere sind, aber damit musste sie nun einmal zurechtkommen.

Sie las alles durch und lernte einfachste Ausdrücke wie „Hallo“ oder „Wie geht es euch heute?“
Dann legte sie das Buch zur Seite und ging hinüber zum Hamsterkäfig. „Hallo! Wie geht es euch heute?“
Die Hamster blickten sie schlaftrunken an. Sie waren es nicht gewohnt, so früh geweckt zu werden. Und sie waren es erst recht nicht gewohnt, dass ein Mensch sich mit ihnen in Tiersprache unterhielt. Lisa redete weiter in Tiersprache und wiederholte: „Ich habe gefragt, wie es euch heute geht.“
Olga und Oskar blickten sich fragend an. Es machte nicht den Eindruck, als ob sie irgendetwas verstanden hätten von dem, was Lisa sagte.

Sie versuchte, langsamer zu sprechen.
„Mein Name ist Lisa. Ich bin ein Mensch“, sagte sie so deutlich sie nur konnte. „Und in meiner Sprache heißt ihr Olga und Oskar.“
Die Hamster schüttelten den Kopf. Sie hatten keine Ahnung, worum es ging. „Das wird ein langer Tag“, seufzte Lisa.
Nach einer Stunde gab sie auf. Sie hatte das Gefühl, wirklich alles ausprobiert zu haben. Sie hatte über das Wetter gesprochen, hatte Olga und Oskar gefragt, welche Musik sie mochten, was ihr Lieblingsfilm war und welches Tier sie gerne wären, wenn sie keine Hamster wären.
Aber die beiden machten einfach weiter ihre Hamsterdinge, also sich putzen, fressen, kacken und in ihrem Hamsterrad rennen.

Enttäuscht setzte Lisa sich wieder auf ihr Bett und blätterte durch das Buch, bis sie das Kapitel „Superstarke Kampftechnik“ erreicht hatte. Die Bilder muntertensie wieder auf. Diese Superkraft war anscheinend viel einfacher zu verstehen.
Bald schon tänzelte sie durchs Zimmer und kickte und boxte gegen einen unsichtbaren Feind, als hätte sie ihr Leben lang nichts anderes getan.

Nach einem in Rekordzeit verdrückten Mittagessen stand nun ihre erste Flugübung an. Im Handbuch hieß es, dass der Trick wäre, die richtige Atemtechnik zu erlernen.
„Bei jedem Ausatmen musst du schwere Luft auspusten. Bei jedem Luftholen solltest du nur leichte Luft einatmen. Wenn du das oft genug wiederholst, wirst du dein gesamtes Gewicht ausgeatmet haben und dich von selbst in die Luft schwingen.“

Lisa übte die Atemtechnik den ganzen Nachmittag lang. Ab und an überprüfte sie, ob sie sich vielleicht einen oder zwei Zentimeter vom Bett abgehoben hatte. Aber das hatte sie nicht.
Als es Abend geworden war, hatte sie fast vier Stunden lang so viel schwere Luft ausgeatmet, dass ihr ziemlich schwindlig war.
Sie hätte sich jetzt eigentlich die Zähne putzen und ihren Schlafanzug anziehen sollen, aber beim letzten Ausatmen von schwerer Luft war sie schon eingeschlafen.

5. Kapitel

Am nächsten Morgen schlich sich Lisa aus dem Haus, bevor ihre Oma oder die Hamster aufgewacht waren. Sie musste mit einem größeren Tier sprechen. Nach einer Weile fiel ihr Auge auf den schlafenden Nachbarshund.
Lisa hatte keine Ahnung, wie sie einen schlafenden Hund in Tiersprache ansprechen sollte, und sie wollte ihn auch nicht allzu sehr stören. Zumindest war es wohl ratsam, ihn nicht zu laut anzusprechen. Vorsichtig kroch sie näher an ihn heran und flüsterte: „Guten Morgen, du Schlafmütze.“
Aber weil der Hund nicht reagierte, musste Lisa lauter sprechen. Und als er noch immer nicht reagierte, sagte sie noch lauter: …
… „Ich habe Guten Morgen gesagt, Schlafmütze.“

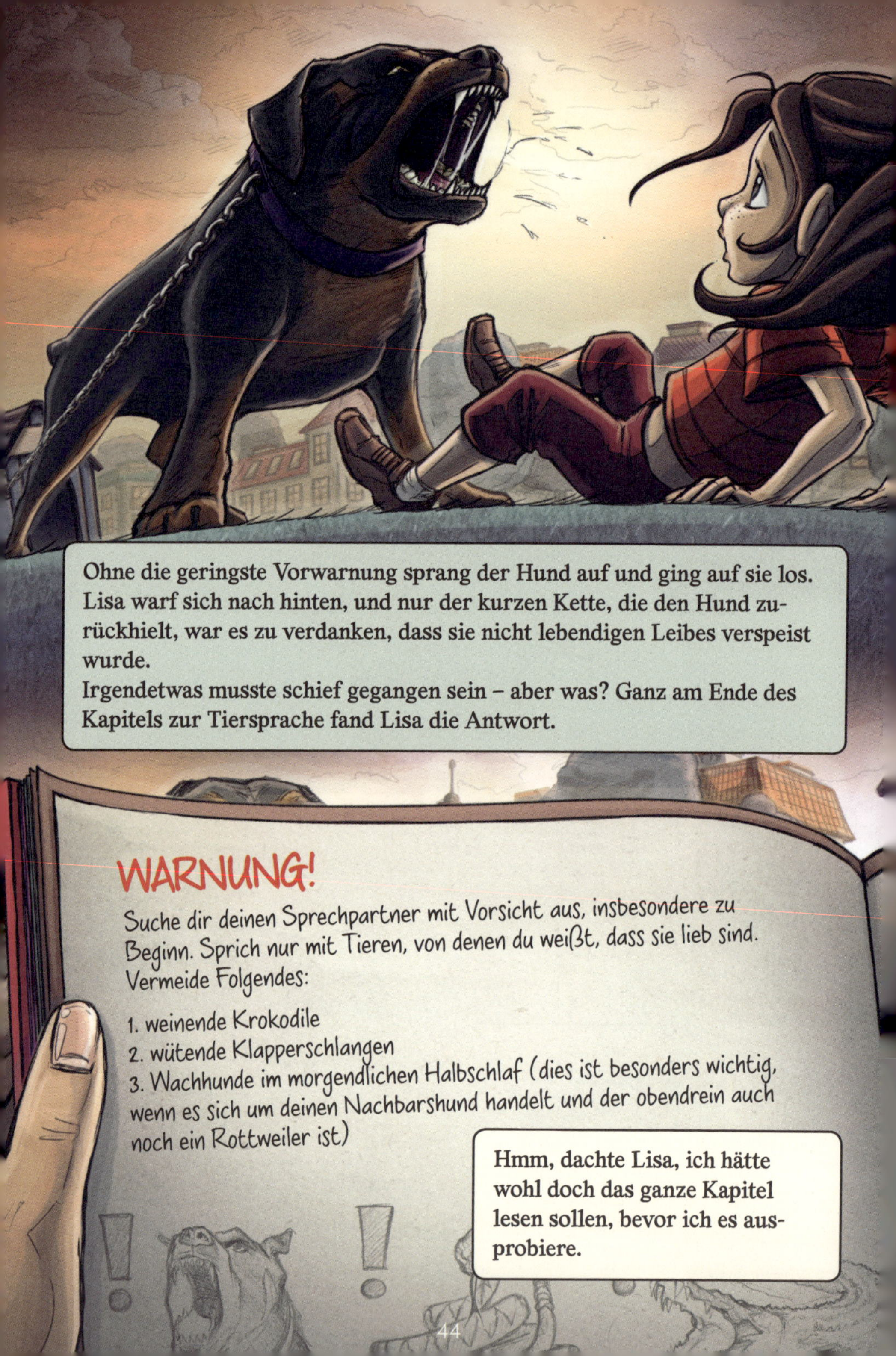
Ohne die geringste Vorwarnung sprang der Hund auf und ging auf sie los. Lisa warf sich nach hinten, und nur der kurzen Kette, die den Hund zurückhielt, war es zu verdanken, dass sie nicht lebendigen Leibes verspeist wurde.
Irgendetwas musste schief gegangen sein – aber was? Ganz am Ende des Kapitels zur Tiersprache fand Lisa die Antwort.
WARNUNG!
Suche dir deinen Sprechpartner mit Vorsicht aus, insbesondere zu Beginn. Sprich nur mit Tieren, von denen du weißt, dass sie lieb sind. Vermeide Folgendes:
1. weinende Krokodile
2. wütende Klapperschlangen
3. Wachhunde im morgendlichen Halbschlaf (dies ist besonders wichtig, wenn es sich um deinen Nachbarshund handelt und der obendrein auch noch ein Rottweiler ist)
Hmm, dachte Lisa, ich hätte wohl doch das ganze Kapitel lesen sollen, bevor ich es ausprobiere.

Da Lisa keinen anderen Hund finden konnte, machte sie mit dem Flugtraining weiter. Es ist bestimmt einfacher, wenn ich von weiter oben aus starte, so wie die Vögel, dachte sie.
Sie kletterte auf Großmutters Gartenschuppen, zählte bis drei und warf sich nach vorne in die Luft; dabei pustete sie alle schwere Luft aus ihrer Lunge und flatterte so schnell sie konnte mit den Armen.

Krachend landete Lisa in einem der Büsche. Sie nahm sich das Kapitel noch einmal vor, und als sie bei den letzten Zeilen ankam, seufzte sie laut auf:
„Warnung! Spring am Anfang niemals von höheren Orten ab. Du musst als Erstes lernen, vom Boden aus zu starten, sonst kann es ziemlich schiefgehen, und das kann sehr, sehr wehtun. Denk daran, du bist kein Vogel!“
„Bescheuert, die Warnung immer erst ans Kapitelende zu setzen“, murmelte Lisa. Und entschied daraufhin, weiter an ihrer Kampftechnik zu arbeiten.
Für das Trainieren einer wirklich guten Kampftechnik empfahl das Buch einen Sandsack als Gegner. Doch das gab es nicht in Großmutters Haus. Aber sie hatte noch den alten Teddybär Bo, dem zog Lisa einen Schlafanzug ihres Großvaters an und hoffte, dass das genauso gut funktionieren würde.

Allerdings zeigte sich, dass Bo ein schwierigerer Gegner war, als Lisa gedacht hatte. Sie landete zwar ein paar Schläge, aber er war ein echter Crack bei seinen Konterattacken.
Kaum hatte sie ihm einen Schlag verpasst, landete er einen rechten Haken gegen sie.

Nach einer Weile erkannte Lisa jedoch das Muster seiner Taktik, und nachdem sie diesen Code geknackt hatte, war es für sie ein Kinderspiel, ihn zu schlagen. Insbesondere gegen ihre Sprungtritte hatte er nicht die geringste Chance.
Aber Fliegen konnte sie noch immer nicht, und weder Olga noch Oskar verstanden, was sie sagte. Doch als sie später ins Bett ging, war sie sich sicher: Sie hatte etwas gelernt.
Nämlich die Kampftechnik eines richtigen Superhelden.

6. Kapitel

Am nächsten Tag lauerten die Jungs Lisa wie üblich nach der Schule auf. Aber sie war darauf vorbereitet, dieses Mal würde sie nicht weglaufen. Stattdessen wollte sie kämpfen. Sie holte tief Luft, biss die Zähne zusammen und blieb breitbeinig stehen. „Was ist denn mit dir los?“, staunte Robert.
„Ich werde nicht vor euch weglaufen“, sagte Lisa energisch. „Wenn ihr etwas von mir wollt, dann müsst ihr kämpfen!“ Robert explodierte fast vor Lachen. „Hahaha! Das ist ja wohl das Dümmste, was ich je gehört habe.“ „Weißt du denn nicht mehr, wen du vor dir hast?“, wunderte sich Max.
„Überlasst sie mir“, sagte Nick gemein grinsend. „Ich erledige das.“

Und bevor Lisa reagieren konnte, sprang Nick auf sie zu und boxte ihr voll auf die Nase. Sie stolperte rückwärts, ging zu Boden und sah Sterne. Als sie aufblickte, hatte sich Robert zu ihr hinabgelehnt.
„Jetzt hör mir ganz genau zu. Nicht du machst uns Schwierigkeiten, sondern wir dir! Verstanden?“ Lisa nickte. „Gut“, sagte Robert. „Und tu dir Eis auf die Nase, wenn du nach Hause kommst.“
„Die hat sie doch nicht alle!“, schnaubte Nick, als sie weggingen. „Völlig bescheuert!“, stimmte Max zu. „Aber sie sah echt cool aus, bevor du ihr den Schlag versetzt hast.“

Lisa klopfte ihre Kleidung sauber und machte sich auf den Heimweg. Doch mit jedem Schritt wuchs die Wut in ihr, bis sie so zornig war, dass sie fast geplatzt wäre. Sie blieb stehen und schrie ganz laut: „Ich hasse diese Stadt!“
Vielleicht sollte sie einfach packen und abhauen? Aber egal, was sie tat, alles würde sich falsch anfühlen.

„War heute etwas Besonderes in der Schule los?“, fragte Großmutter beim Essen. Lisa schüttelte nur den Kopf. Was sollte sie auch sagen? Dass sie sich von einem blöden Buch hatte hereinlegen lassen? Dass sie gedacht hatte, sie könne sich mit drei Profi-Mobbern anlegen, bloß weil sie mit einem Teddy geboxt hatte? Nein, dachte sie, am besten sage ich gar nichts.

„Da fällt mir gerade ein“, sagte Großmutter nach dem Essen, „dass ich noch etwas für dich habe“. „Hmm“, brummelte Lisa. „Komm mit und sieh es dir an.“ Lisa hatte eigentlich keine Lust, doch sie folgte ihrer Oma trotzdem. Die überreichte ihr ein großes Paket.
„Was? Für mich? Aber wofür denn?“, fragte Lisa.
„Ich brauche doch keinen besonderen Anlass, um dir etwas zu schenken, oder? Los, mach es auf“, sagte Großmutter.
In dem Paket war ein prächtiges rotes Outfit mit Kapuze.
„Oh, Omi! Danke! Das ist wunderschön!“
„Ach, da bin ich froh, dass es dir gefällt, ich habe es selbst genäht. Willst du es denn nicht anprobieren?“
„Natürlich will ich das!“, rief Lisa, umarmte ihre Großmutter und rannte in ihr Zimmer.

Der Anzug passte ihr unglaublich gut. Der Stoff wog fast nichts und war doch so warm, dass sie ihn vermutlich auch mitten im Winter draußen tragen könnte.
Lisa blickte in den Spiegel. Und als sie die Kapuze aufsetzte, konnte sie nicht anders als zu lächeln. Sie sah gleichzeitig geheimnisvoll und gefährlich aus.
Sie machte ein paar schnelle Kicks und Boxschläge in die Luft.

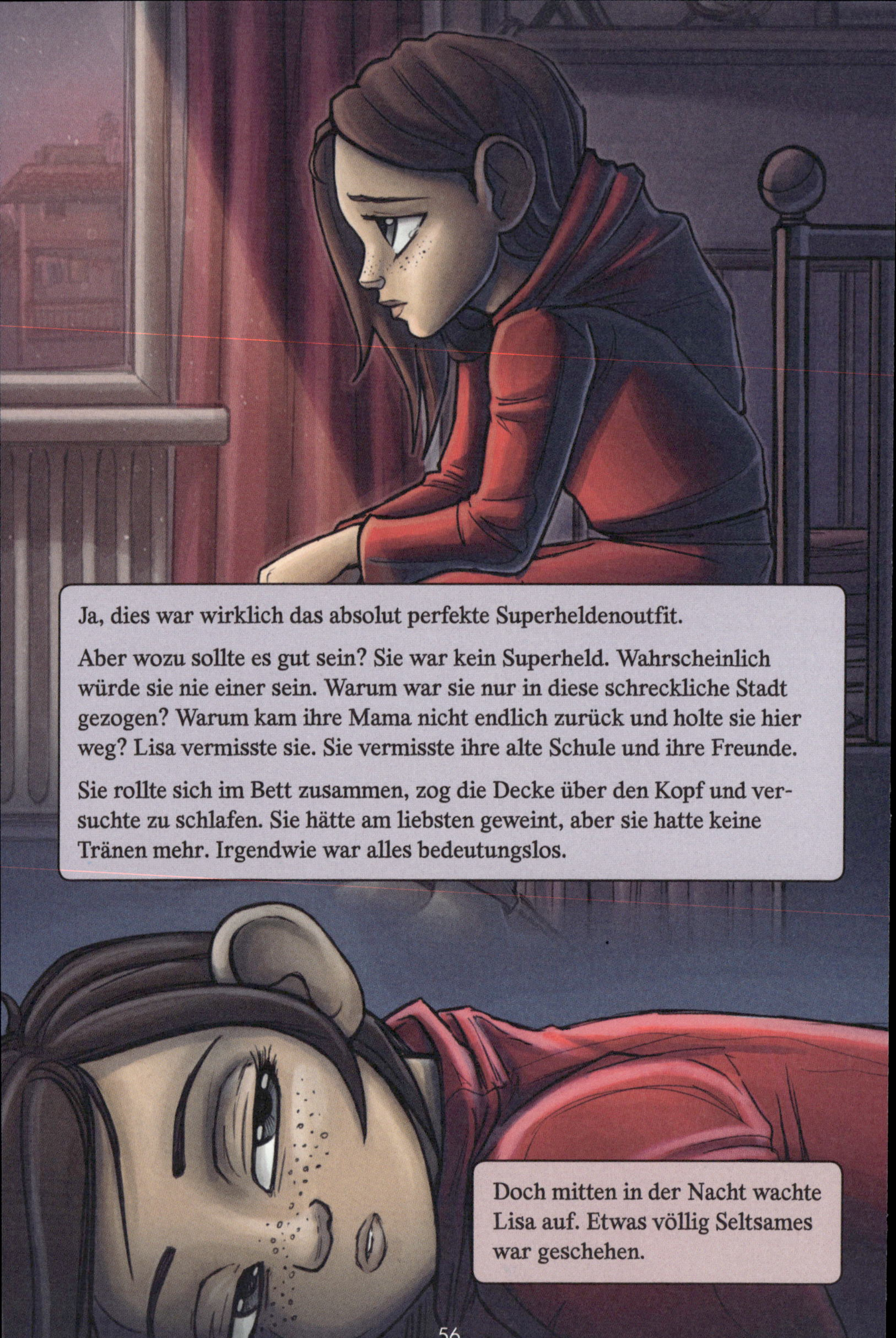
Ja, dies war wirklich das absolut perfekte Superheldenoutfit.
Aber wozu sollte es gut sein? Sie war kein Superheld. Wahrscheinlich würde sie nie einer sein. Warum war sie nur in diese schreckliche Stadt gezogen? Warum kam ihre Mama nicht endlich zurück und holte sie hier weg? Lisa vermisste sie. Sie vermisste ihre alte Schule und ihre Freunde.
Sie rollte sich im Bett zusammen, zog die Decke über den Kopf und versuchte zu schlafen. Sie hätte am liebsten geweint, aber sie hatte keine Tränen mehr. Irgendwie war alles bedeutungslos.
Doch mitten in der Nacht wachte Lisa auf. Etwas völlig Seltsames war geschehen.

7. Kapitel

Als sie ihre Augen öffnete, schwebte sie ein paar Meter über ihrem Bett in der Luft. Sie kniff sich in den Arm, um zu sehen, ob sie nicht träumte, aber es stimmte. Sie flog tatsächlich. Nachdem sie den ersten Schreck überwunden hatte, fühlte es sich fantastisch an und überhaupt nicht gefährlich.

Fliegen ist irgendwie ein bisschen wie Tauchen, dachte sie. Lisa machte ein paar Züge mit ihren Armen und schon hatte sie die andere Seite des Zimmers erreicht.
Sie stieß sich von der Wand ab und flog schnell wie eine Kanonenkugel an die Wand gegenüber.

Lisa probierte sofort verschiedene Flugtechniken aus: langsame Starts und schnelle Starts, Zick-Zack-Bewegungen und Stoppen in Sekundenbruchteilen. Am Anfang war es alles ein bisschen schräg, und den meisten Spaß machten die Überschläge. Sie kitzelten wie verrückt im Bauch.
Als würden Tausende von Schmetterlingen in ihr herumflattern. Oder als ob sie eine riesige Flasche Sprudelwasser oder Limo wäre, die jemand auf die Erde geschmissen hatte und die sich nun niemand mehr aufzumachen traute, weil der Sprudel sonst mit ganzer Kraft herausgezischt wäre. Genau so fühlte es sich an.

Das Outfit war wirklich super. Aber wenn sie wie ein richtiger Superheld aussehen wollte, brauchte sie noch eine Gesichtsmaske.
Sie schlich sich in Großvaters Zimmer und wollte gerade die Schublade, in der er seine Krawatten aufbewahrt hatte, öffnen, als ihr Blick auf sein Bild an der Wand fiel. Sie war sich nicht sicher, ob er es gut finden würde, was sie vorhatte, aber er sah nicht so aus, als hätte er etwas dagegen. Lisa öffnete die Schublade und fand eine Krawatte, die perfekt passte.

In ihrem Zimmer schnitt sie zwei Löcher in die Krawatte und band sie sich um den Kopf. Jetzt sah sie wie ein echter Superheld aus. Und die Krawatte, also die Maske, sorgte dafür, dass ihre Ohren nicht abstanden. Perfekt! Die anliegenden Ohren würden ihre Fluggeschwindigkeit erhöhen, und die Maske würde ihre wahre Identität verbergen.
Plötzlich hörte Lisa die Stimme eines alten Mannes rufen. Sie kam von weit her aus einer entfernten Ecke der Stadt. „Hilfe! Hilfe! Kann mir denn niemand helfen?“
Hab ich jetzt auch ein Supergehör?, fragte sich Lisa. Vielleicht war es doch nicht so schlecht, so große Ohren zu haben.

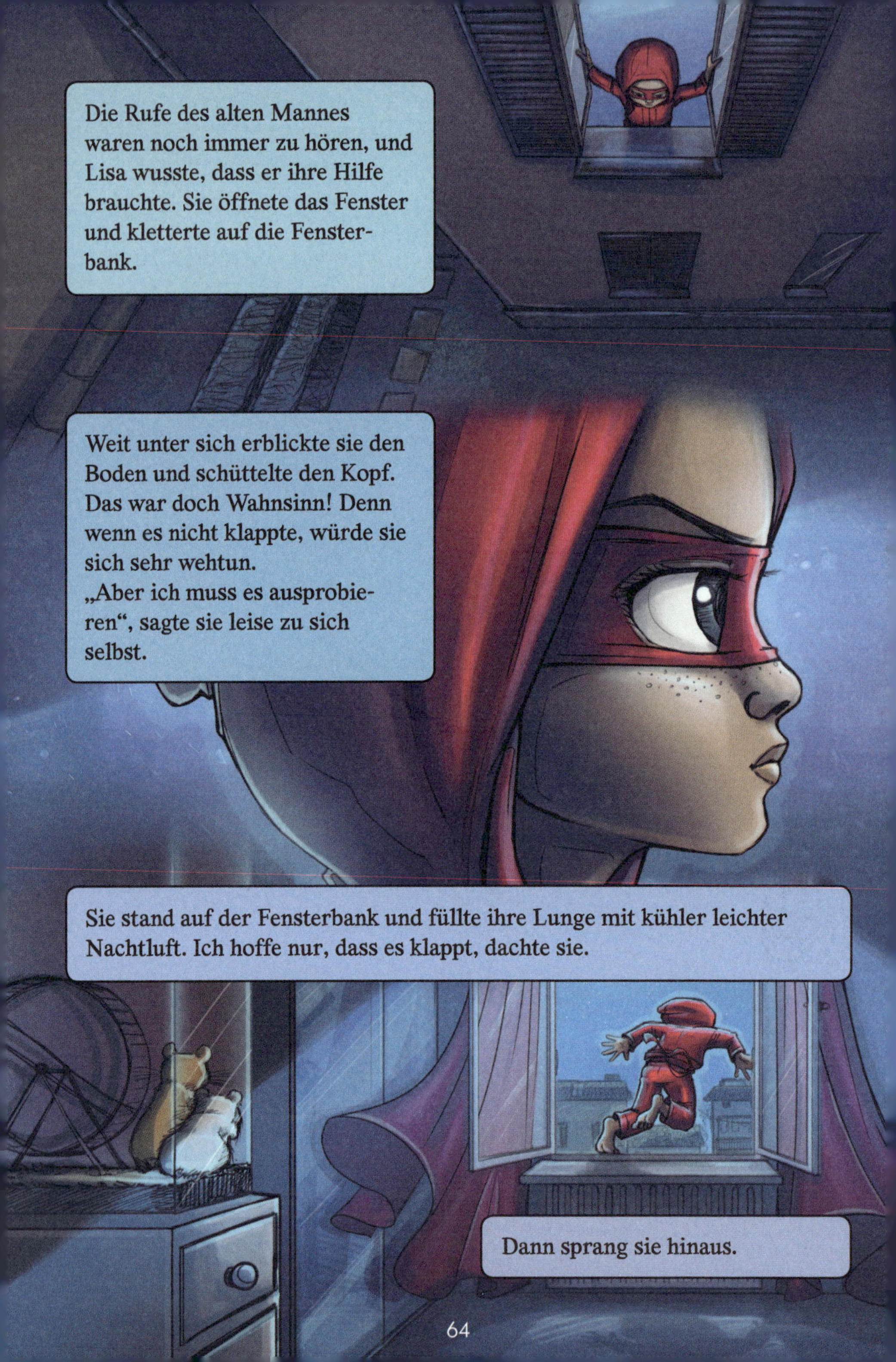
Die Rufe des alten Mannes waren noch immer zu hören, und Lisa wusste, dass er ihre Hilfe brauchte. Sie öffnete das Fenster und kletterte auf die Fensterbank.
Weit unter sich erblickte sie den Boden und schüttelte den Kopf. Das war doch Wahnsinn! Denn wenn es nicht klappte, würde sie sich sehr wehtun.
„Aber ich muss es ausprobieren“, sagte sie leise zu sich selbst.
Sie stand auf der Fensterbank und füllte ihre Lunge mit kühler leichter Nachtluft. Ich hoffe nur, dass es klappt, dachte sie.
Dann sprang sie hinaus.

8. Kapitel

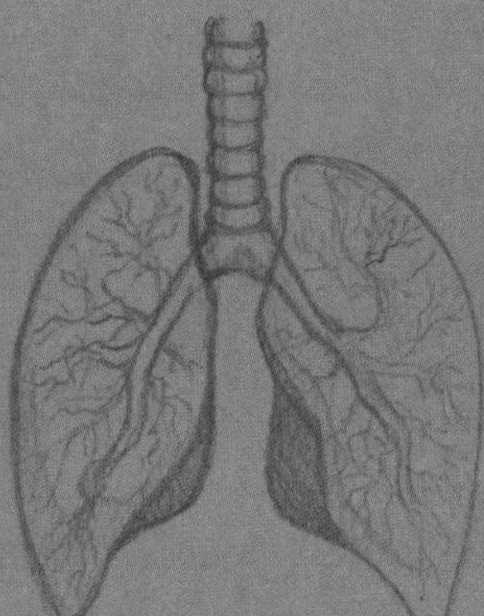

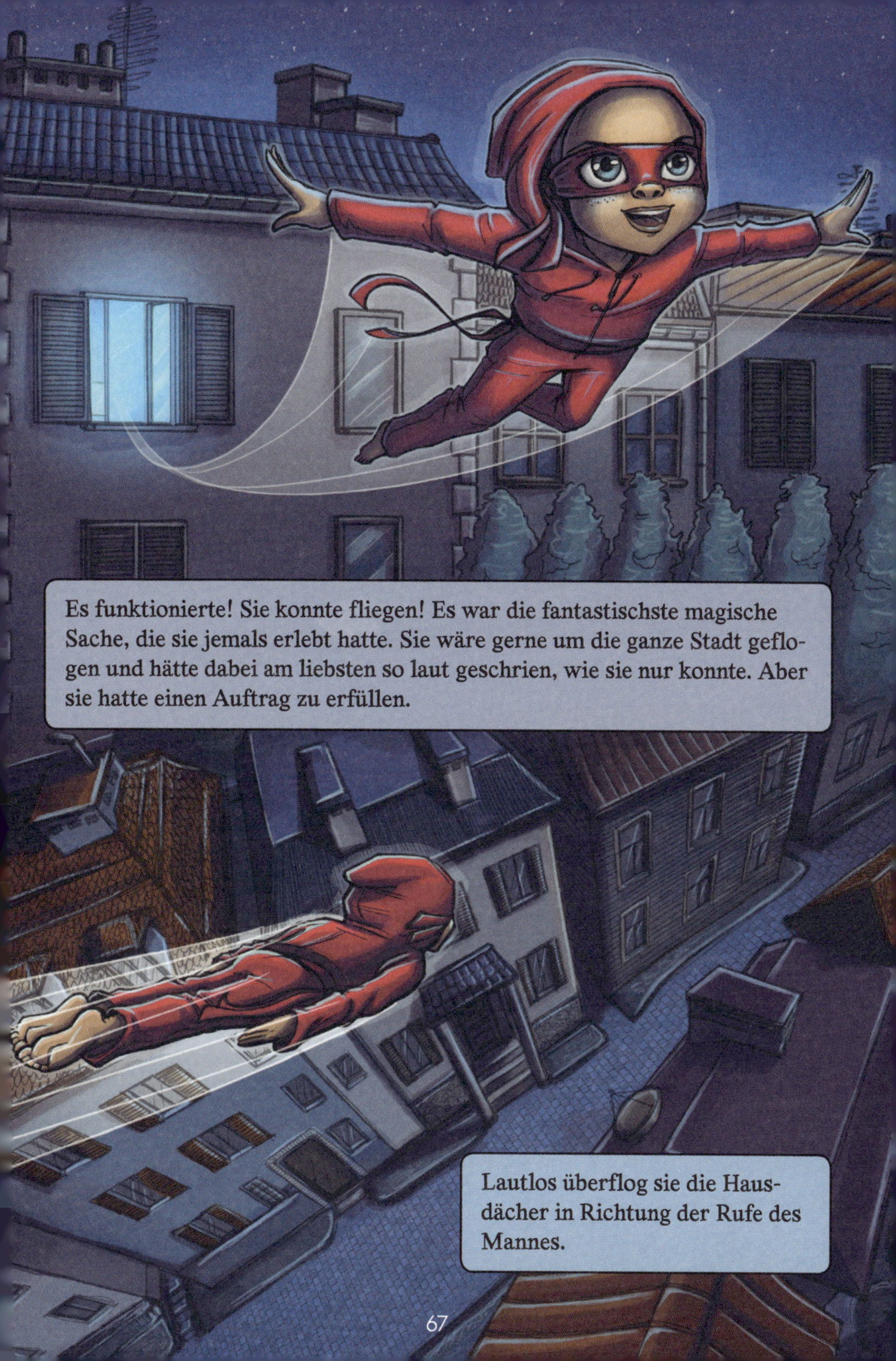
Es funktionierte! Sie konnte fliegen! Es war die fantastischste magische Sache, die sie jemals erlebt hatte. Sie wäre gerne um die ganze Stadt geflogen und hätte dabei am liebsten so laut geschrien, wie sie nur konnte. Aber sie hatte einen Auftrag zu erfüllen.
Lautlos überflog sie die Hausdächer in Richtung der Rufe des Mannes.

„Wer bist du?“, fragte der alte Mann, als Lisa auf den Treppenstufen seines Hauses gelandet war. „Das kann ich Ihnen nicht sagen“, erwiderte sie.
„Bist du ein Superheld?“
„Ja, das könnte man so sagen“, antwortete sie und fühlte sich ein wenig unbehaglich. „Aber ich bin erst seit Kurzem dabei und deshalb noch nicht so super gut. Jedenfalls hörten Sie sich an, als ob Sie Hilfe bräuchten.“
„Ich heiße Paul Ponsonby-Jones“, erklärte er, „und ich bin ausgeraubt worden. Zwei Einbrecher haben meine Münzsammlung gestohlen!“
„Oje!“, sagte Lisa. „Und wie sahen sie aus?“
„Das waren große Männer, völlig skrupellos. Sie sind in einem kleinen grünen Lieferwagen Richtung Hafen davongerast.“

Lisa versprach, ihr Bestes zu geben, und flog davon.
Je weiter weg von der Innenstadt Lisa flog, desto leerer wurden die Straßen, und sie musste daran denken, was Großmutter über den Hafen gesagt hatte: „Ich möchte eigentlich nicht, dass du dorthin gehst. Und wenn doch, musst du mir versprechen, niemals allein und niemals in der Nacht dorthin zu gehen.“
Das hatte Lisa versprochen. Aber jetzt bewegte sie sich darauf zu. Allein und in der Nacht, wenn auch nicht zu Fuß. Es fühlte sich trotzdem ziemlich gefährlich an.

Und in dem Moment entdeckte sie den kleinen grünen Lieferwagen.

Sie folgte ihm, bis er vor einem schäbigen Gebäude direkt am Kai anhielt.
Niemals zuvor war sie echten Dieben so nahegekommen. Es waren eiskalte böse Gesellen. Sie wollte sich nicht ausmalen, was sie machen würden, wenn sie einen Superhelden in Ausbildung zu fassen bekämen. Sie war so nervös, dass sie zitterte. Wie sollte sie den Banditen bloß die Münzsammlung wieder abnehmen?

Sie beobachtete, wie die Ganoven die Münzen begutachteten.
„Ich frage mich, wofür der Chef diesen Tinnef haben will“, sagte der eine. „Ich auch“, antwortete der andere gähnend. Er sah müde aus. „Es sind nur alte Münzen, die nichts mehr wert sind.“ „Genau! Aber wir haben den Auftrag des Chefs jetzt erledigt, also können wir uns guten Gewissens schlafen legen.“
Fünf Minuten später schnarchten die Ganoven um die Wette. Lisas Herz hämmerte, als sie die Tür öffnete und ins Haus schlich.

Leise wie ein Mäuschen füllte Lisa die Münzen wieder in die Beutel zurück. Dann schlich sie Schritt für Schritt rückwärts zur Tür.
Plötzlich stolperte sie über etwas Weiches und fiel mit einem Rums zu Boden. Eine Katze sprang unter ihr hervor und weckte die Männer mit ihrem Gejammer.
„Wir werden ausgeraubt!“, schrie der eine Dieb. „Du kleine Ratte!“, knurrte der andere.

9. Kapitel

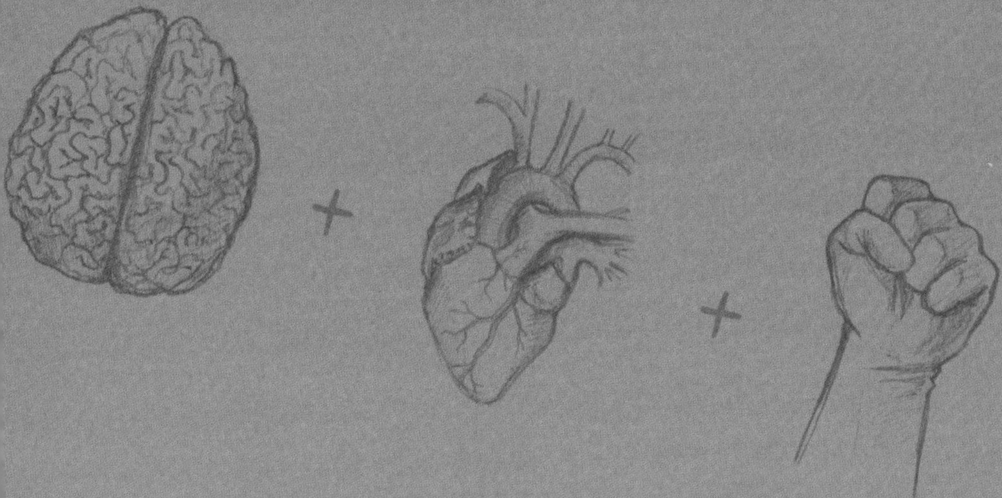

Lisa rannte zur Tür. Aber wie sehr sie auch die Klinke herunterdrückte, die Tür ging nicht auf. Das Schloss musste sich verhakt haben. Sie steckte fest!
„Jetzt ist dein letzter Moment gekommen“, zischte der eine Dieb. „Jawohl, wir machen Mus aus dir“, knurrte der andere.

Da passierte etwas Unglaubliches. Tief in Lisas Innerem sagte plötzlich eine Stimme: „Genug ist genug!“ Sie hatte es satt, Angst zu haben und gejagt zu werden. Dafür wurde sie jetzt wütend. Wirklich wütend. Sie würde kein Mus aus sich machen lassen.

Sie griff sich die zwei Beutel mit den Münzen und drehte sie – schneller und schneller, bis sie wirbelten wie die Propeller eines Flugzeugs. Die Diebe zogen sich erschrocken zurück.

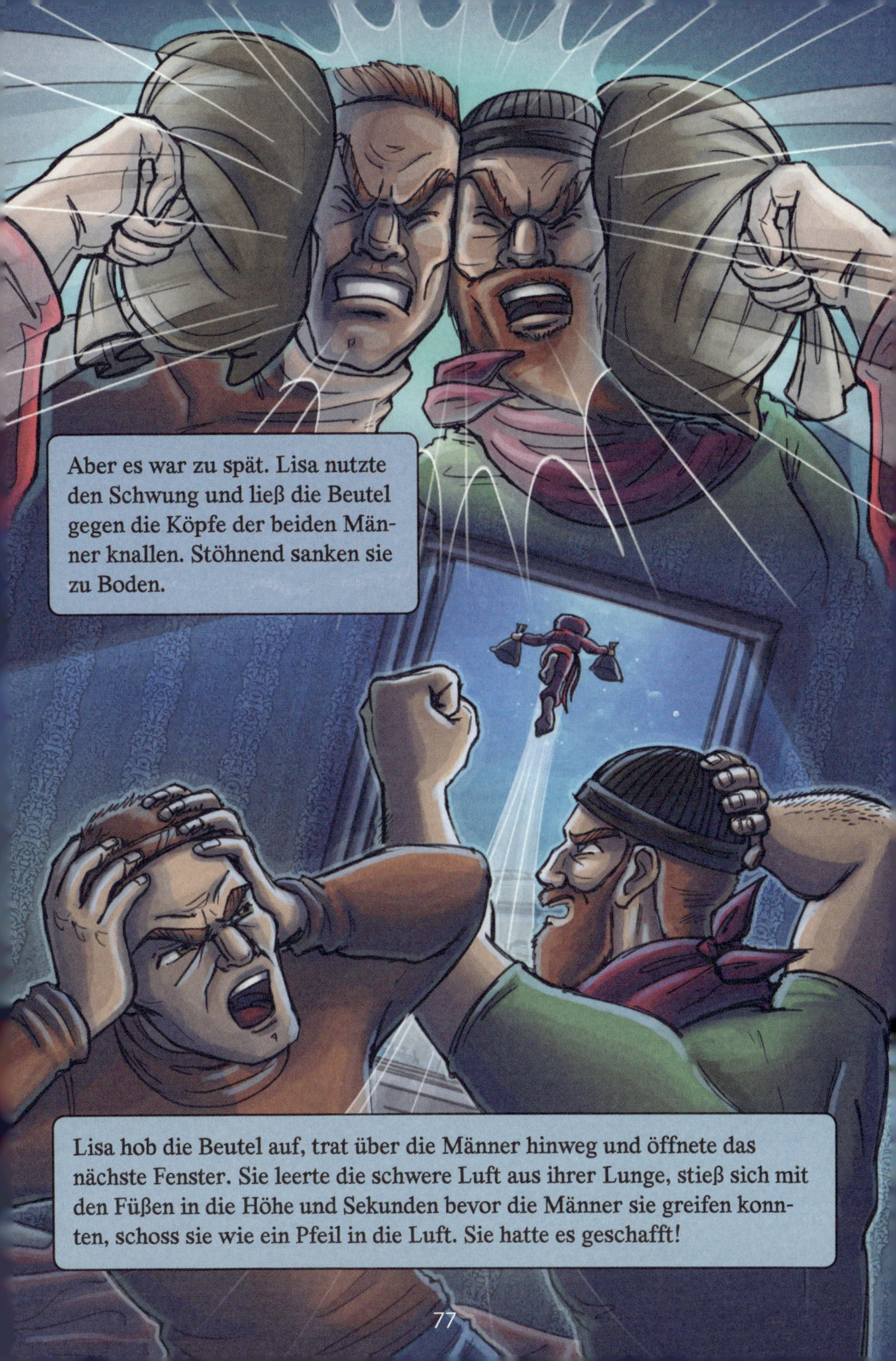
Aber es war zu spät. Lisa nutzte den Schwung und ließ die Beutel gegen die Köpfe der beiden Männer knallen. Stöhnend sanken sie zu Boden.
Lisa hob die Beutel auf, trat über die Männer hinweg und öffnete das nächste Fenster. Sie leerte die schwere Luft aus ihrer Lunge, stieß sich mit den Füßen in die Höhe und Sekunden bevor die Männer sie greifen konnten, schoss sie wie ein Pfeil in die Luft. Sie hatte es geschafft!

Schon bald darauf landete Lisa vor Paul Ponsonby-Jones' Haus. Als sie dem alten Mann die Münzen zurückgab, bekam er vor lauter Erstaunen große Augen.
„Du glaubst gar nicht, was du für unsere Stadt bedeutest. Endlich gibt es jemanden, der den Dieben das Handwerk legen kann, jemanden, vor dem sie Angst haben und zu dem unsere Kinder aufsehen können." Lisa verschlug es fast die Sprache. „Ich tue nur meine Pflicht als Superheld", sagte sie und lächelte.
Dann flog sie, vor Freude außer sich, davon.

Sich vorzustellen, dass es stimmte, was Paul Ponsonby-Jones gesagt hatte! Dass die Stadt sie brauchte, dass sie gefährliche Verbrecher in Schach halten konnte und dass Kinder zu ihr aufblickten!
Wenn nur Robert, Nick und Max sie so sehen könnten! Die würden ihren Augen nicht trauen. Ganz allein hatte sie zwei ausgewachsene professionelle Ganoven fertiggemacht! Das Mädchen, das gerade mal ein paar Stunden zuvor noch selbst fertiggemacht worden war, war nun eine Superheldin und …
… flog über den Dächern der Stadt, als sei es das Normalste von der Welt!

Nach weniger als einer Minute drehte sie ab. Die Luft hoch oben war so eisig kalt, dass Lisas Finger und Zehen schon taub wurden, aber die Aussicht war irre.
Seit langer Zeit hatte sie sich nicht mehr so glücklich gefühlt.

Epilog

In einem anderen Teil der Stadt waren die Ganoven so kleinlaut wie seit sehr langer Zeit nicht mehr. Ihr Boss war unglaublich sauer. „Ein Superheld hat sich mit den Münzen davongemacht?“

„Ja, Boss.“

„Und hatte er eine Maske?“

„Ja, Boss.“

„Und hat er euch niedergeschlagen?“ „Ja, Boss.“

„Obwohl ihr doppelt so viele wart und er nur halb so groß wie ihr?“ „Ja, Boss.“

„Seid ihr wirklich solche Versager?“

„Ja, Boss. Äh … wir meinten nein, Boss.“

„Das war doch nur ein Haufen alter wertloser Münzen“, versuchte der eine Dieb den Gangsterboss zu beruhigen.

„Wertlose Münzen? Es war eine Schielende-Königin-von-Dänemark dabei! Die allein ist hunderttausend wert!“

„Was?! Eine schielende Königin?“

„Ja, eine Schielende-Königin. So, und ihr macht euch jetzt auf und stehlt das Ganze wieder zurück. Sonst poliere ich euch die Fresse!“

Während all dies vor sich ging, fragte sich Paul Ponsonby-Jones, warum die Diebe so interessiert an seiner Münzsammlung waren. Sie bedeutete ihm viel, doch als er herausgefunden hatte, wie wertvoll die Münzen wirklich waren, fiel er in Ohnmacht. Gleich am nächsten Morgen schenkte er die Münzen einer …
… wohltätigen Organisation und begab sich auf eine lange Urlaubsreise.

Als der Boss erfuhr, dass der alte Mann und die Münzen spurlos verschwunden waren, schäumte er vor Wut und schrie die beiden …
… Ganoven so lange an, bis er nicht mehr konnte. Dann sagte er leise: „Gut. Ich poliere euch jetzt die Fresse. Dann mache ich mich selbst auf die Suche. Und danach werde ich den Superhelden zur Strecke bringen!“

Aber wie es das Glück so wollte, kannte niemand Lisas geheime Identität. Niemand wusste, dass sie der Superheld war.

Sie konnte sorglos nach Hause
fliegen und sich schlafen legen.

Teil 7 der spannenden Reihe ist gerade erschienen.

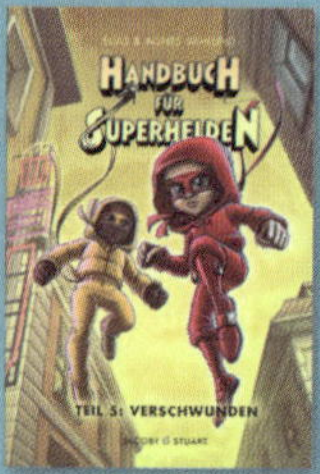

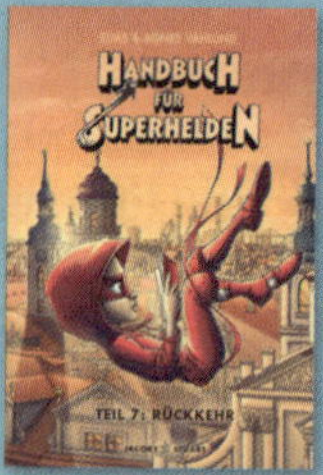

Danke an

alle Beteiligten bei Rabén & Sjögren
mit Sofia Hahr und Fabian Göranson an der Spitze.
Ihr seid fantastisch!

Jeanette Palm, Tomas Xavier, Izabella Borkowska,
Darek Sikorski, Kamila Roman, auch Darek Zielinski
Annemette und Christopher Verspeak für Coaching und Feedback.
Michal Brzozowski für alle gelöschten Feuer!

Mama Joanna Skrzyszewska
für Inspiration und Unterstützung.

Papa Jerzy Skrzyszewski für den ersten Computer
mit einem echten Zeichenprogramm, den du mir geschenkt hast,
als ich 13 Jahre alt war.

Ein großes Dankeschön an alle Bibliotheken für die Sicherheit,
den Frieden und das Wissen, das sie täglich bereitstellen.

Das Buch ist Filippa gewidmet.
Ohne sie hätte uns das Handbuch für Superhelden
niemals gefunden.

Kennst du jemanden, der gemobbt wird?

Oder kommt dir selbst jemand blöd?

Wir glauben, dass Lisa einen Fehler gemacht hat, als sie niemandem davon erzählt hat, dass sie gemobbt wird. Nichts wird besser, wenn du schweigst. Das Beste ist, du sprichst mit einer deiner Lehrerinnen oder einem Vertrauenslehrer. Jeder, der in der Schule arbeitet, ist dazu verpflichtet, gegen Mobbing vorzugehen. Außerdem könnt ihr anonym und kostenlos bei der *Nummer gegen Kummer* montags bis samstags von 14–20 Uhr unter 116111 anrufen. Mehr Infos gibt es auch unter www.nummergegenkummer.de/kinder-und-jugendtelefon.html. Es gibt dort sowohl Erwachsene als auch Jugendliche, die es gewohnt sind, über alles zwischen Himmel und Erde zu sprechen, über große und kleine Probleme.

Hilfe gegen Mobbing gibt es in Österreich unter www.kija.at,
in der Schweiz unter www.147.ch und
in Luxemburg unter www.kjt.lu.

Herzliche Grüße,
Elias & Agnes

Lisas Zeichnungen und Tagebucheinträge

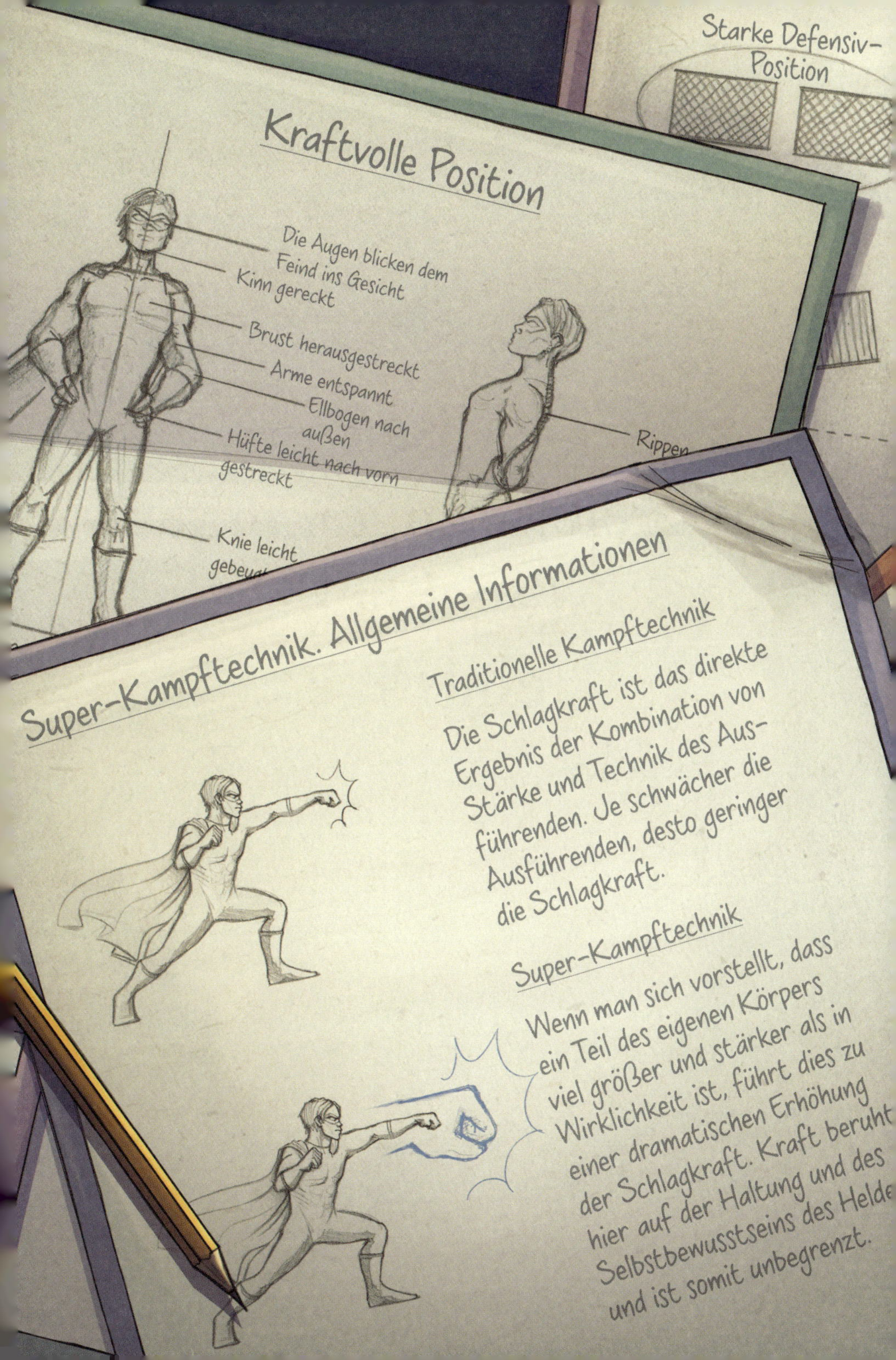
Starke Defensiv-Position
Kraftvolle Position
Die Augen blicken dem Feind ins Gesicht
Kinn gereckt
Brust herausgestreckt
Arme entspannt
Ellbogen nach außen
Hüfte leicht nach vorn gestreckt
Knie leicht
Rippen
Super-Kampftechnik. Allgemeine Informationen
Traditionelle Kampftechnik
Die Schlagkraft ist das direkte Ergebnis der Kombination von Stärke und Technik des Ausführenden. Je schwächer die Ausführenden, desto geringer die Schlagkraft.
Super-Kampftechnik
Wenn man sich vorstellt, dass ein Teil des eigenen Körpers viel größer und stärker als in Wirklichkeit ist, führt dies zu einer dramatischen Erhöhung der Schlagkraft. Kraft beruht hier auf der Haltung und des Selbstbewusstseins des Helde und ist somit unbegrenzt.

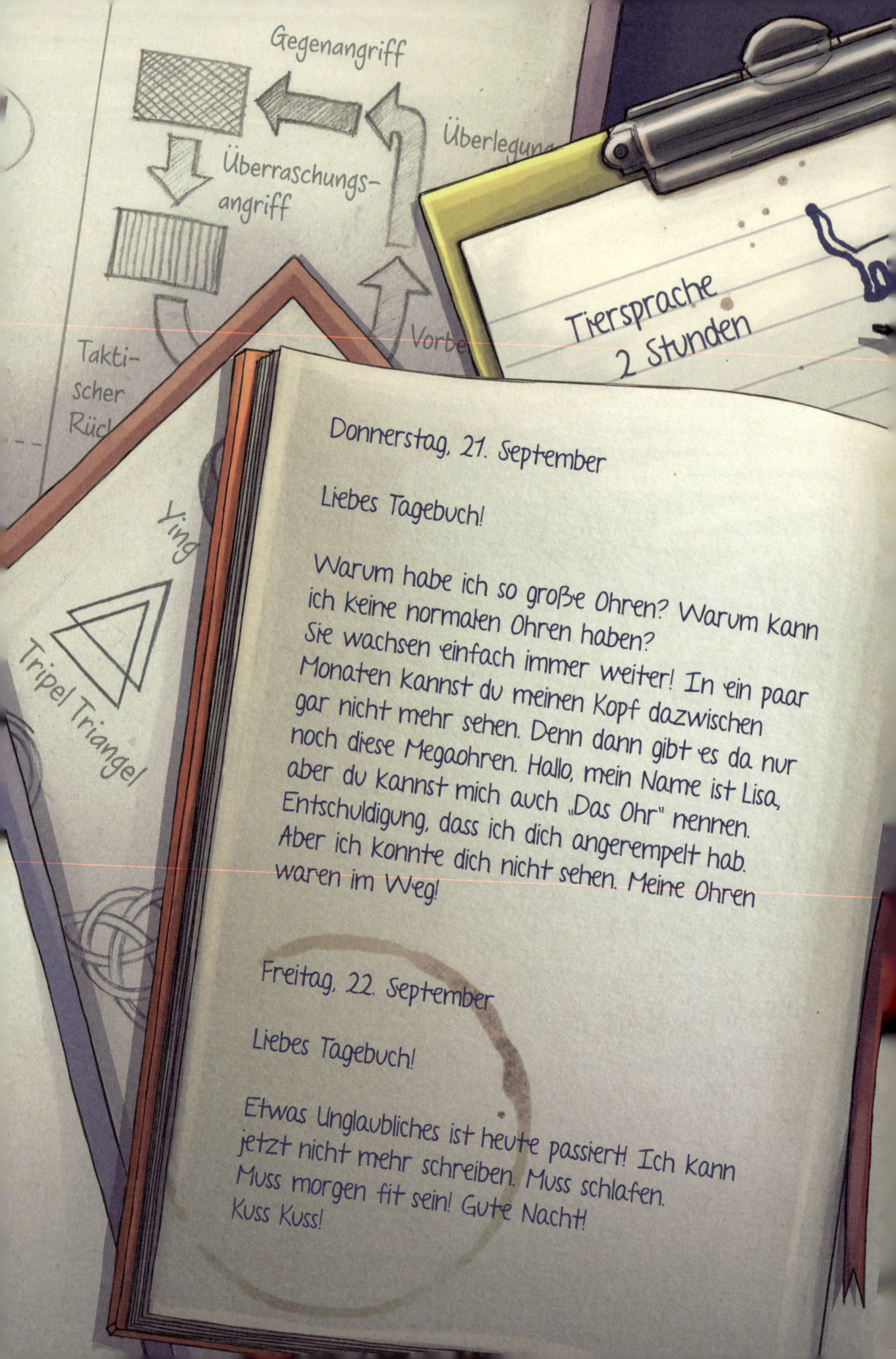
Gegenangriff
Überraschungs-
angriff
Ying
Tripel Triangel
Tiersprache
2 Stunden
Donnerstag, 21. September
Liebes Tagebuch!
Warum habe ich so große Ohren? Warum kann ich keine normalen Ohren haben?
Sie wachsen einfach immer weiter! In ein paar Monaten kannst du meinen Kopf dazwischen gar nicht mehr sehen. Denn dann gibt es da nur noch diese Megaohren. Hallo, mein Name ist Lisa, aber du kannst mich auch „Das Ohr" nennen. Entschuldigung, dass ich dich angerempelt hab. Aber ich konnte dich nicht sehen. Meine Ohren waren im Weg!
Freitag, 22. September
Liebes Tagebuch!
Etwas Unglaubliches ist heute passiert! Ich kann jetzt nicht mehr schreiben. Muss schlafen. Muss morgen fit sein! Gute Nacht!
Kuss Kuss!

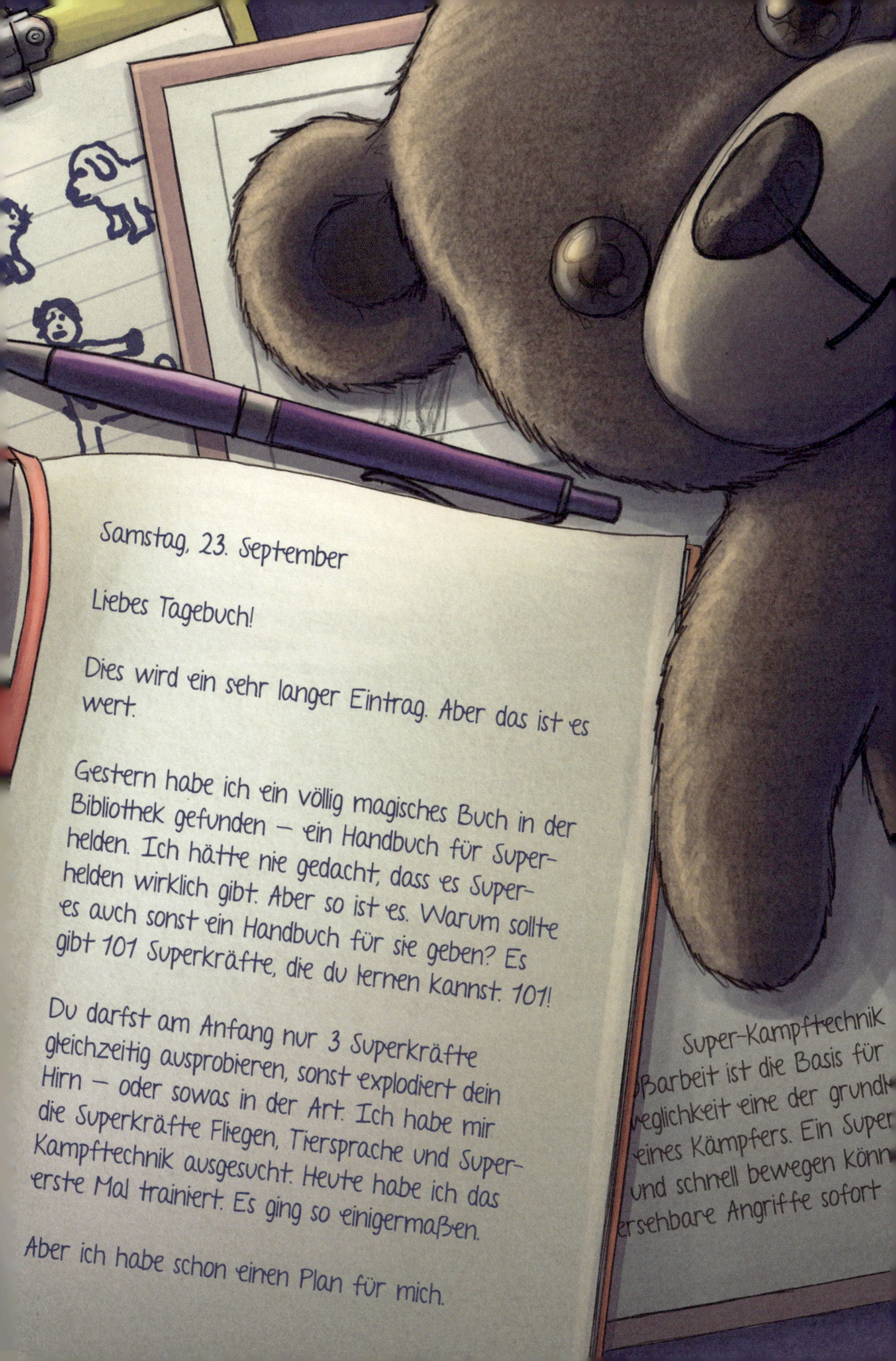

Samstag, 23. September
Liebes Tagebuch!
Dies wird ein sehr langer Eintrag. Aber das ist es wert.
Gestern habe ich ein völlig magisches Buch in der Bibliothek gefunden – ein Handbuch für Superhelden. Ich hätte nie gedacht, dass es Superhelden wirklich gibt. Aber so ist es. Warum sollte es auch sonst ein Handbuch für sie geben? Es gibt 101 Superkräfte, die du lernen kannst. 101!
Du darfst am Anfang nur 3 Superkräfte gleichzeitig ausprobieren, sonst explodiert dein Hirn – oder sowas in der Art. Ich habe mir die Superkräfte Fliegen, Tiersprache und Super-Kampftechnik ausgesucht. Heute habe ich das erste Mal trainiert. Es ging so einigermaßen.
Aber ich habe schon einen Plan für mich.
Super-Kampftechnik
ßarbeit ist die Basis für
eglichkeit eine der grundl
eines Kämpfers. Ein Super
und schnell bewegen könn
ersehbare Angriffe sofort